허가은 시집

일어나

일어나

허가은 시집

한누리미디어

시인의 말

곱고 고운 나비는 무얼 먹고 살까!
곱고 고운 나비는 어디에서 왔을까!

호기심 많은 열 살 된 아이는 앞개울 돌 틈에서 살고 있는 가재와 송사리떼 잡으려다 흠뻑 옷이 젖으면 양지바른 바위에 앉아 노래 부르다 노랑나비를 따라서 팔랑팔랑 맑은 호수 같은 하늘로 날아오르고 싶었습니다.

강원도 홍천 동쪽 마을 아리랑 고개 넘으면 꽃골 왕터 높은 터 의자바위 거북바위 굴바위 큰 고개 배나무뚱 양토메기 너럭폭포가 있는 마을에서 태어나 어린 시절을 보냈습니다.

봄이면 어머니께서 물 오른 버드나무 가지로 만들어 주신 버들피리 불고 숨바꼭질 고무줄놀이 등 얼굴은 선홍빛으로 물들고 최고의 놀이였습니다.

밤이면 부엉이소리 들리고 아침 산까치가 지저귀면 기쁜 소식이 올 거라고 전해 오던 동쪽 마을 산모퉁이 굽이굽이 은빛 물결 홍천강을 지나 바다로 가듯 나의 가슴에 피우고 싶은 씨앗이 깊이 박혀 오랜 시간이 흘러갔지만 이제 꿈의 씨앗을 발화하기 위하여 문단의 강을 건너가려고 합니다.

노랑나비가 팔랑팔랑 날아가는 것처럼 가슴이 떨려옵니다.

2023년 1월

당진시 수청동에서 허 가 은

일어나

차례

차례

제2부 _ 철새의 눈

제3부 _ 고수레

차례

제4부 _ 기억의 창고

제5부 _ 하루가

일어나

제 1 부

일어나

괴물

굵은 빗줄기가 하염없이 내리더니
괴물 같은 홍수가 닭장을 덮치고
마루와 대문 사이 건널 수 없는
거친 물살이 삶을 삼켜 버린다

삐악거리며 동동 떠내려가는 것들
젖은 날개 파닥거리던 어미닭은
그저 날개 접고 바라만 본다

장독대 옹기종기 빛을 잃은 항아리
힘없이 넘어져 하나 둘 묻혀 버리고
괴물은 부엌까지 휩쓸러 간다

방안까지 들이닥치던 진흙탕 물
그칠 줄 모르고 내리던 빗줄기는
열 살 된 아이 까치발을 들게 했다

아침바람

아스팔트 위로 떨어진 빗줄기
밤새도록 발자국들 씻어버리고
새들 부리에서 흘러나오는 소리
귓속을 콕콕 파고 들어온다

축축한 허공 속으로 팔을 던지며
뿌연 안개 속으로 달려가는 가슴
숲속에서 뿜어오는 비릿한 공기
소란스러운 새들의 재잘거림

발갛게 달아오르는 구름 사이로
비스듬히 미끄러져 내려오는
영롱한 햇줄의 물결 속에

솜털을 쓸고 지나가는 아침바람
흙탕물을 가르며 굴러가는 네 바퀴
밤새 내린 빗물 펴 하늘에 바른다

촘촘히 맺힌 이슬 말리는 풀잎들
밤새도록 울었던 눈물자국 감추고
아침바람에 부리들이 합창을 한다

갈매기의 이탈

새털 같은 구름이 가득한 바닷가
옆산은 허옇게 허리를 내어주고
비릿한 바위틈 만개한 진달래는
소나무 옆에 살고 있는지
꽤 오래 된 것 같다

양철지붕을 타고 미끄러지는
투명한 봄 햇살에 몸을 맡긴
전깃줄 위에 갈매기의 동공은
하얗게 흩어지는 물보라 담아

하늘과 맞닿은 수평선 저 너머
흩어지는 구름 여기저기 모아두고
천천히 불어오는 비릿한 바람은
산허리를 휘감고 지나간다

솔향기에 취해 시 한 소절 노래하다
진달래 꽃잎 입에 물고
뱃머리로 날아가는 갈매기

색동고무신

고무신 일곱 켤레
문수대로 옹기종기
댓돌 위에 있다

진 밭 마른 밭 다녀온
아버지의 검정 고무신
오일장 부지런히 다녀온
어머니의 하얀 고무신
댓돌 위에
나란히 쉬고 있다

독불장군 귀염둥이
우리 집 보물
마루 위에 색동고무신
한 켤레
독불장군이다

무언의 노래

먼동이 트기 전에 길을 나섰다
나뭇가지 사이로 멀어지는 하얀 별
귓속에 박혀 오는 무언의 노래
청정수를 토해내는 계곡 물소리
산새들과 합창을 한다

아침 햇살 끌어안은 산모퉁이
풀잎에 미끄러지는 빛을 따라
이슬 맺힌 거미줄을 말리는 바람
앞서거니 뒤서거니 숲을 가르며

주머니 속에 넣어둔 뾰족한 돌 하나
가만히 돌탑 위에 올려놓고
맑은 물소리와 벗이 되어
흙길 위를 걸어가며
무언의 노랫말을 담아본다

일어나

건재한 발바닥 밑창이 숨이 차다
바람처럼 사라지는 동그라미 무리들
소 발굽 지나다니던 비릿한 모퉁이 길
물살을 가르는 빛나는 물새의 발자국같이
말없이 달려가는 운동화 자국들

실핏줄 찢기고 시려도
잠들 날 없는 순백 여린 생명
어둠의 문턱에서 실오라기라도
부여잡듯 길고 짧은 팔 사이사이

시린 밤하늘에 샛별처럼
민들레 질경이의 간절한 기도
꿈의 꽃을 피우기 위해
일어나 달려가는 동그라미 무리들

새우깡

먹구름 가득한 날
새우깡 한 봉지 들고
한적한 해변 따라
거닐고 있는데
저만치 갈매기 무리가
끼룩 끼룩 날고 있다
나도 갈매기처럼
바다를 바라보다가
새우깡 한 줌
허공에 던지니
눈치 빠른 갈매기
신나게 물고 가는데
우두둑 빗방울 떨어져
아쉽지만 차안으로 들어와
흠뻑 젖은 날개
다시 한 번 펼쳐라
보닛 위에 떨어지는
속살 같은 것
미끄러지는 갈매기의 눈물
콕 콕콕 쪼아 먹는 노란 부리

깃털 속에 붉은 발톱 사이로
흠뻑 젖은 시여 가득 내려라

은하별

마른 나뭇잎에
은하별 빛 내려와 쉬고 있다
여름내 노래하던 풀벌레
잎새의 끝자락 부여잡고
별빛 가득한 밤
초록 물결 가득했던 숲
아쉬움을 남기고
고단했던 하루하루를
고요 위에 내려놓고
은하수 강 건너간다

어머니의 사랑

어머니께서 육일 동안
우리 집에 다녀가셨다
집으로 돌아가시던 날
자동차에 오르시기 전
다다닥 발을 구르시며
깜박 잊어버리고 챙겨오지 못한
물건이라도 있는 듯
아이고 깜박했구나 하시며
아쉬운 표정을 지으신다
한 번 쓰다듬어 주고 나올 걸
잘 있으라고 말하고 나올 걸
간다고 인사도 못하고 왔구나
낮에도 밤에도 편하게 잘 쉬었는데
말없이 떠나와서 아쉽구나
누우면 편안하고 잠도 잘 자고
정도 많이 들었는데

다시 집에 들어가서 인사하고 가실까요?
실웃음 참으며 어머니께 말했더니
그냥 가야지 어서 가자
자동차는 길모퉁이를 돌아간다

고풍리

가을의 끝자락에서 고풍계곡을 갔다
막다른 길에서 바라본 하늘은
호젓한 호수처럼 보였다
빈 가슴에 와르르 달라붙는 단풍잎들
손가락 사이로 스쳐가는 바람
두 손바닥에 계곡물을 담아
하늘에 바르고 있을 때
강으로 울음소리가 흘러간다

서성이는 바람에 춤추는 물결
호수에 풍덩 빠져 있는 아름다운 풍경
곱게 물든 단풍잎 사푼히 내려와
빙그르르 돌다가 자리를 찾아가고
마애삼존불상에 노을이 쉬고 있을 때
호수 같은 하늘에도 곱게 물이 들었다

희미한 것

먼동이 트기 전 어둠을 가르며
새벽길을 달리는 불빛들은
어디로 향해 가고 있을까
아파트 지붕 위에 걸쳐 앉아
졸고 있는 하얀 초승달
머리 위에 닿을 듯
허공을 가르며 지나가는
검은 새 한 마리
밤이 새도록 흡입했던
오물들 토해내며
도로 위에 달리는 불빛
안개 터널 속 빠져 나와
구름 사이로 빗살처럼
천천히 밀려오는 물자락
발끝에 닿듯이
가을의 끝자락에 피어나는
희미하게 떠오르는 것은
그리움인가

곡골의 별

복숭아꽃 피는 봄이 오면
산골짝마다 잔설殘雪이 녹고
청솔바람 불어오던 곳
시냇물 소리 꽃향기 가득한
높은 터 아래
산새들 나뭇가지에 앉아
재잘재잘 노래 부르고
양지바른 언덕에 속삭이던
민들레 질경이 미나리

산과 들 잠드는 밤이면
고운 달빛 창가에 물들고
별빛과 속삭이며 울다가
잠들던 산부엉이
거북바위 의자바위에 앉아
헤아리던 나의 별

하얀 뭉게구름 머물다 가는
꽃향기 가득한 동쪽 마을
복숭아꽃 피는 밤이 오면

달빛 곱게 내려오겠지
복숭아꽃 피는 봄이 오면
별빛 곱게 내려오겠지

풀 한 포기

구순九旬 바라보시는
어머니
노래 부른다
다 살았다 다 살았다
이제 나는 다 살았다

밭고랑 끝에 앉아
풀 한 포기 뽑기 위해
천천히 일그러지는
어머니의 얼굴

높은 터 아랫마을
옥토 일구어 내시고
일곱 아이 젖 먹여
키우시고 평생을
자식 걱정하시며
지내 오신

어머니

구절초 꽃

옛 시인 집 마당가
장독대 옆 우물터에
구절초 꽃이 피었습니다

지난 여름
노래 부르던 종달새
앉아있던 나무 아래
하얀 꽃이 피었습니다

모르리

이젠 내려야 한다
아쉬운 건
내리는 곳이 어딘지
몰라도
어디로 가야 할지
모르는
모르는 것이다

채송화

나지막한 담장 너머
빛바랜 양철 지붕 아래
채송화 꽃이 가득
피었습니다

쉬고 있는 수도꼭지
목마른 수세미
잠자리가 꽃잎에 앉아
소곤거리다가
허공으로 가버리면

팔랑팔랑 나비 한 마리
꽃잎에 입 맞출 때
실바람 속에 묻어오는
할머니의 그리움

한가위

잘 익은 홍시빛으로
서쪽 하늘 물들 때
고향 집 가기 위해
달려갑니다

긴 터널을 빠져 나와
다리를 건너서
영기미 벌판에
닿았습니다

쟁반같이 둥근 달이
환하게 마중 나와
반겨줍니다

안개꽃

사각사각 잠 못 드는
조각 이불
이리 뒤척 저리 뒤척
깊어가는 여름밤
허공에 콕콕 박히는
수많은 별

우주를 기다리다가
천천히 미끄러지는
조각 이불

안개 속에 깨어나는
흠뻑 젖은 별들
아침이면 풀잎 끝에
대롱대롱
세상 속으로
피어나기 위하여

지구본

따스한 햇살이 창문을 뚫고
집안으로 들어오는 어느 봄날
고추모종 두 개 심어 놓았더니
여름 내내 별을 닮은 하얀 꽃과
녹색의 숲이었던 잎사귀는
나에게 실웃음을 짓게 한다

초록의 작은 잎에 담아놓은 지구본
바늘구멍들이 셀 수 없이 많은
하얀 별이 촘촘하게 내려오고
파란 하늘이 쉬어간다

보일 듯 말 듯한
아주 작은 벌레들은
녹색 물결을 흡입하며
지구본을 만들어 놓았다
오늘밤 달빛이 지나갈 잎새에
지난 여름날의 추억을 담아본다

건배

찰랑찰랑 유리잔에
파도의 포말들
흔들고 돌리고
쨍그랑 부딪치고
보물찾기 하듯이
행복을 찾아
한 번 부딪치고 쨍그랑
두 번 부딪치고 쨍그랑
떨어지는 꽃잎처럼
또 하루가 고요하다

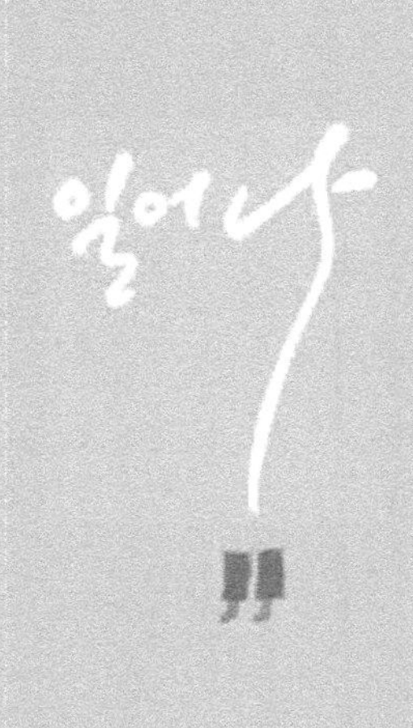
일어나

제2부

철새의 눈

노인의 노래

빠르기도 하지
가는 세월이
억수같이 쏟아져
내려가던 장마철
계곡에 홍수가
더 빠를까

빠르기도 하지
가는 세월이

청포 물에 머리감아
댕기 땋고
단옷날
취떡 먹고
그네 타던 때
엊그제 같은데

빠르기도 하지
가는 세월이

풀벌레

시가 가득 담긴 나뭇잎에
초승달이 쉬고 있다
부여잡은 잎새의 끝자락
여름내 울어대던
풀벌레

차가운 달빛에 누워
밤하늘에 별을 모아
사각사각 시를 쓴다

동짓날

꽁꽁 얼어붙은 빨래터
방망이로 툭툭 치면
돌 틈 사이로 꼬리 살랑거리던
송사리 떼

함지박에 가득 담긴 세탁물
시린 손 호호 불어가며
돌 위에 놓인 세탁물
퍽 퍽퍽 두들기던
방망이 소리

나란히 널려 있는 빨랫줄
시린 눈물 뚝 뚝뚝 떨어지던
고향집 마당
긴 빨래줄 젖은 옷자락
송사리 떼처럼 달려 있는
고드름

동짓날 끓는 팥죽 속으로
뚝 뚝뚝 떨어져 숨어버리는

동그라미

동그라미

그리운 얼굴

철새의 눈

솜털을 쓸고 가는 서늘한 바람
자유롭게 펄럭이는 하늘 빛 스카프
붉은 신호등 동공에 담은 석고 같은 눈

푸른 신호등에 술렁이던 횡단보도
송사리 떼처럼 지나가는 무리들
선홍색 꿈꾸며 느리게
세모 네모 동그라미

오래된 검정 비닐 끈 날려가듯이
신호등 없는 푸른 하늘 날아가다가
술렁이는 무리들 담은 철새의 눈

문득

문득 떠오르는 고향집
비릿한 우물가
가지마다 다다닥
빨갛게 열
앵두나무

잘 익은 앵두 한 줌 따다가
우는 아이 앞에 놓으면
구슬 같은 눈망울에
별빛이 흐르던
그 때가 생각납니다

높은 터 아래 주름진 밭고랑
안개 속에서
꿈을 파종하시던

어머니

그립습니다

어느 봄날

산까치 날던 봄날
뒷산 중천에 해가 걸려 있을 때
채칵채칵채칵 척컥척컥척컥
산모의 심장 박동으로 달라붙는
아홉 번의 괘종시계 종소리
집안은 긴장감으로 이어지고
마루 위로 미끄러져 오는 빛은
세 번째 계집아이를 내려놓다

아기의 울음소리가 문밖으로 서럽게 들리고
숯과 솔가지 새끼줄에 엮어 대문에 금줄 치는
노인 등에 노란 나비 한 마리 팔랑팔랑
또 딸이래 하나만 달고 나왔더라면
논밭두렁 개울가에 소곤소곤 흘러간다

봄이면 오색의 꽃으로 물들고
사돈의 팔촌까지 옹기종기 정겹던
높은 터 아랫마을

서럽게 울며 태어난 그 아이는

먼 훗날 솔향기 가득한 마루 위에서
나뭇가지 사이로 저녁노을 물들 때
구운 고구마 동치미 앞에 앉아
콩당콩당 신작 시집 엮고 있을까

매실나무

누가 심어 놓았을까
인적 없는 도로가에
매실이 익어간다
어린 나무가 자라서
주렁주렁 열매 맺기까지
매서운 추위에 얼마나
가지가 시렸을까
비바람과 맞서 얼마나
고난을 이겨냈을까
뜨거운 태양과 마주 바라보며
황새들에 발톱을 내어주고
휴식처가 되어 자라난 나무
인기척 없는 길에
익어가는 황금 매실

터널

자동차들이 갇혀 있는 아파트 주차장
크고 작은 택배 박스들 토해놓는 차량
미동 없는 덩치 큰 아파트 주차장
주말 오후 어디라도 떠나고 싶은
자동차
해안선 도로를 달려가 바다로 가기 위해
산 넘고 평야를 지나 긴 터널 지나
시원하게 산바람 가르며 달리고 싶다

마스크상자 내려놓고 식용품 나르는
택배차량 갈 길 바쁘다

코로나19 긴 터널 속에
네모 안에 있는 눈빛은
창밖으로 나가고 싶다

물방울 화음

하늘에서 떨어지는 물방울
나뭇잎에 똑똑 소리를 내며
여기저기에 걸터앉는다
떨어지는 물방울 소리가
화음을 이룬다

바람이 찾아온다
나뭇가지와 잎이 춤추고
물방울이 그네를 타다가
여기저기 자리를 옮겨 앉아
초록 물길 만든다
바다로 가기 위해

들길

코스모스 꽃은
사람을 닮았다
키가 크고 작고
한들한들 흔들리는
하얀 나비가 꽃잎에
날아와 앉아 있다

잘 익은 벼들이
고개 숙이고
마을 길가에
자연석이
반짝반짝
빛이 난다

어제는 하늘이
마을길에 내려와
빛을 잃어 버리고
도로에 눕더니
오늘은 껑충 뛰어올라
한들한들거리는
꽃잎에 시를 담는다

통정리 마을

통정리 마을에 꽃이 피어난다
한 송이 꽃으로 피어나는 아침
새벽하늘 곱게 물들이며
솟아오르는 뜨거운 심장
먼 산들이 꽃잎처럼
잠에서 깨어난다
아침을 가르며 비행하는
부지런한 철새의 발톱에도
해돋이가 부서진다
미등을 미치며 깨어나는
자동차 통정리 마을에
꽃잎으로 피어난다

바람아

꽃바람 불어왔으면 좋겠어
걱정도 근심도 날려버리는
그런 바람 불어왔으면
코로나 오미크론도
날려버리는 그런 바람
불어왔으면 좋겠어
사랑이 묻어오는 그런 바람
불어왔으면 좋겠어
아픈 기억 싣고 가는 그런 바람
불어왔으면 좋겠어
바람아 불어라
희망찬 바람아
걱정도 근심도 날려버리는
그런 바람 불어와 다오

집으로 가는 길

노을이 산등에 걸려 있고
그 그림자가 강으로 내려올 때
언덕길을 오르다 내리막길 지나면
일자로 곧게 뻗은 길을 달린다

풀씨 타는 냄새가 코끝을 스치고
먼 산은 노을빛으로 물들 때
도로 위로 가로 질러가는
띠구름 같은 뽀얀 연기
옛 고향 저녁 풍경이 겹친다

어둠이 내려앉은 대지 위에
큰 날개 펼치고 노을을 가르며
머리 위로 지나가는 저 새도
둥지로 돌아가고 있겠지

자동차 소리가 가득한 터널 속
다시 나오면 아름다운 풍경
아침이면 멀리 날아갔다가
새처럼 집으로 돌아가는 길

새가 내려놓은 깃털 끝에
노을빛 한 방울 콕 찍어
하늘에 펼쳐지는 이야기를
가득 담아본다

달리고 싶다

주차장에 나란히 서 있는 자동차들
주말 오후엔 어디론가 달리고 싶다
톨게이트를 지나 고속도로를
긴 터널 빠져 나와 해안선을 따라서
바위의 영혼을 깨우는 파도들
아팠던 발자국들을 지워주는
모래알 상처를 치유해 주는
밀려오는 하얀 포말들 담으며
바다를 향하여 달리고 싶다

간간이 오고 가는 택배차량뿐
아파트 주차장이 고요하다

사랑은

촉촉함이 메마른 마른 땅에
낙엽 구르는 소리
실바람 지나가면 우르르
떨어지는 이파리들

사랑은 지나가는 바람 같은 것
사랑은 마음 하나 허공에 걸어놓고
삐걱거리며 노을을 싣고 가는 배
강바람은 달을 싣고 떠나간다

사랑은 그렇게 스스로 바꾸면서
찬란한 무지개로 피어난다
질퍽한 갯벌 흘러가는 강물
바위의 영혼을 깨우는
파도처럼 쉼 없이 찬란한
무지개로 피어난다

유리방

비 오는 날이면 창밖에
얼굴 하나 얼굴 둘 얼굴 셋
유리방에 모여든다
서로 같은 방향 바라보다가
가끔은 닭똥 같은 눈물
흘러내리고 떨어지고
닮은꼴은 없지만 모두가
슬픈 동그라미
바람은 언제쯤 이 바다를
말려 주려나

사월

구름 사이로 미끄러지는 선홍빛
눈발 날리던 때가 엊그제 같은데
바람이 솔솔 노래하고
아지랑이 춤추는 포근한 햇살
논두렁 밭두렁 새싹의 기지개
개울가 자갈돌에 익어가는 봄볕
물오른 버드나무 피리 불던
들녘 바람 불어와
함박눈 내려앉던 소나무 숲
바위틈 사이사이 진달래가
꽃구름처럼 피어
온 산을 덮었습니다

바람의 노래

눈발은 자자들고 텅 비어있는
하늘
바닥에 누워 허공을 바라보는
별들
하얀 옷을 갈아입은 통정
어둠을 안아주는 외딴마을
한 사람이 살고 있다
천천히 지나가는 불빛
차가운 아스팔트 길
선홍색 꿈꾸며 미끄러지는 실루엣
깃털 같은 이야기 가득 싣고
고운 살결 보일 듯 말 듯

구름 사이로 미끄러지는 선홍빛
눈발 날리던 때가 엊그제 같은데
바람이 솔솔 노래하고
아지랑이 춤추는 포근한 햇살
논두렁 밭두렁 새싹의 기지개
들녘 한 편 익어가는 봄볕
물오른 버드나무 피리 불던

들녘 봄바람이 불어와
통정마을에 닿는다

가로등 아래

가을 문턱에 어스름 내려앉은 저녁 창문 열고 당진천을 바라본다
풀벌레가 많이 우는 당진천 밤 깊은 줄 모르고 흰두루미 홀로 먹이를 찾아 풀벌레소리 벗 삼아 천천히 걷고 있다
가로등불 아래 흐르고 있는 당진천 반짝반짝 나의 시선을 머무르게 한다 밤이 깊어가고 새벽이 저만치서 다가오고 있다

스피커에선 음악이 흐르고 카페 주인은 왼손을 턱에 괸 채로 창밖을 바라보며 왼쪽 다리 저려오는 것 무시하고 한참을 서서 그저 바라보고 있다
가로등불 아래 비춰지는 당진천 밤에 흐르는 물결 한밤중에 가끔 지나치는 자동차 불빛 여러 갈래의 전선줄 가로등불 아래 연신 곤두박질하는 곤충들 하얗게 밤을 보내고 잠들어 버린 건물 아파트 쉬고 있는 자동차들 당진천 안개 속에 잠든다

제3부

고수레

고수레

하찮은 바람에 추락하고 싶지 않아
추운 겨울날 마음이 푸근해지기 위해
장국을 끓인다

쇠창살 너머 바람에 흔들리는 것들
동그랗게 둘러앉아 천년을 살 것인 양
고수레 허공에 밥숟갈을 던진다

차가운 담벼락에 빛바랜 항아리들
하얗게 속을 할퀴고 간 손자국
초승달을 그렸다

비릿한 해풍에 명장을 달이듯이
옹가종기 기대어 시를 담는다

어둠이 앉을 때

온종일 아스팔트 길을 걸었다
투명 문에 어깨가 밀쳐 들어간다
자동차 소음이 허공으로 달리고

가을의 끝자락 싸늘한 바람에
서둘러 새가 날아가듯이
나뭇잎이 우르르 떨어진다
달콤한 것들이 혀끝에 앉아
샘이 고여 흐른다

아스팔트 위에 비릿한
어둠이 내려올 때
터벅터벅 걸어간다
쉼이 있는 집으로

밤에 우는 세탁기

세탁기가 운다 한밤중에
소리 내어 운다 반복해서
요란하게 운다 통 안에서
지치고 힘들어 저녁이면
편안히 쉬고 싶은데
탕탕 벽에 부딪치고
떨리는 심장을 할퀴며
강물이 되는 얼룩진 눈물

아침에 또는 낮에
울고 싶을지도 몰라
저녁이면 우는 세탁기
그렇게 울다가 잠든다

보이지 않는 별

어제처럼 하루가 지나가고
또 하루가 지나가겠지
내일도 모레도 그렇게
매일매일 하루를 맞이하고
수많은 하루와 이별하고
하루를 맞이하며 살아가겠지

구름 속에 보이지 않는
별을 찾으려고 꿈을 꾸겠지
또 하루가 그렇게
떨어지는 꽃잎처럼
아픔도 상처도
그렇게 지나가겠지

꽃 피던 산골

높은 터 아랫마을
꽃 피는 산골마을
하늘 아래 첫 동네
산까치 울면
도시로 떠난 자식의
소식이라도 오려나
하늘만 바라보며
씨앗을 파종하시던
부모님
주름진 들판에
오색의 꽃들이 피어
그리운 모습들이
꽃 송이송이 속에
하얗게 노랗게
웃고 있는 얼굴들
산까치가 소식을
전해 주던 산골마을
주름진 밭두렁에
묻어놓은 그리움

기지개

발갛게 물들어가는 하늘에
하얀 조각달이 저만치 가고 있다
온 대지를 덮어버린 뽀얀 안개 속에
간간이 지나가는 자동차들
밤사이 내리던 눈발에 덮여 버린
얼어붙은 작은 어선들

어스름하게 비치는 달무리
선홍빛 물결이 펼쳐지고
아침 해가 비추는 들판으로
너른 날개를 펴고 날아오는
흑두루미 꿈을 안고
안개 속을 힘차게 가르며
날개를 펼치고 있다

갈등

풀과 나뭇잎이 뿜어내는 향연이
펼쳐지는 어느 날
연둣빛으로 물드는 계절은
옷장 문을 활짝 열었다

한 올 한 올 실로 짠 숄 하나
왠지 만지작거리며 갈등한다
차마 떠나보내지 못 해
다시 옷장 속에 가두어 놓고

찬바람이 노크하는 계절이 오면
날개를 펼쳐보자

찻잔에 담아놓은 그리움에
더해지는 연둣빛 물결
파도치는 계절
옷장 속에서 갈등하는
소리가 집안에 가득하다

먼동이 트기 전

먼동이 트고 있다 하늘과 땅 사이 비행하는 새들이 있다
아침마다 이런 광경을 보면서 아침 문을 연다
높이 날아가는 새들은 아침 운동하는 중인가
싱싱한 먹잇감을 찾아 나선 것일까
아침하늘을 가르며 허공을 건너가는 날개들
인간들을 닮았다
질서 있게 적당한 거리 유지하며 하늘과 땅 사이를
알 수 없는 언어들을 토해내며 지나가는 저 무리들
지나갈 때
동쪽 하늘엔 불타오르듯이 선홍빛 양떼구름이 펼쳐진다
실눈 뜨고
떠오르는 태양 바라봐야 하는 아름다운 광경이다
숲에서 참새들도 소란스럽게 찌익찌익 재잘재잘
밤새 눅눅했던 날개를 털어내며 쪼르록쪼르록
한 무리씩 떼 지어 질서 있게 아침운동하고
하늘과 땅 사이에 한 인간도 아침을 가르며
허공에 심장을 콕콕 박으며 달려간다

파종

지나간 것들도
떠나가는 것들도
소중하고 아름답고
감사하다

나는 오늘
씨앗을 파종한다
꿈의 꽃 피우기 위해

흙속의 비밀

조용한 발걸음 조각 밭에
구부러진 등 더 구부려
구겨진 몸 부서지고
달덩이 살구빛 같던 얼굴
조각 밭에 닿을 듯

수많은 연둣빛 얼굴들
어미닭 품에서 나오듯이
거친 흙 비집고 나온다

꿈틀대는 미생물도 서로 이웃
미생물 배설물은
연둣빛의 꿀이 되고
아기별과 수선화는
대지 위에 그림 그린다

그날

부서지는 그것들은 산을 흔들고
건배건배 투명 잔에 파도는
하얀 거품 넘긴다

거친 숨소리 고개 너머로
어두운 떼구름 괴물처럼
머리 위로 지나간다

부서진 잔해물은 먼지 되고
잰걸음으로 바다에 누워
숨어 있는 별을 찾다가
건배건배 투명 잔에
산들이 바다를 건너간다

알밤을 줍다가

구들장에 부서지는
몸을 맡기고
바람이 찬 이른 봄
얄밉게 떠나간 사랑
꿈에서라도 만날 수 있을까
밤마다 기도하지만
내 사랑 부르던 노랫소리
샘물처럼 흐르던 곳
산 같은 무게 머리에 이고 지고
수만리길 돌아 돌아서
여기까지 왔는데
바위덩이 등에 지고
산과 들로 뛰어다니던
그 사랑
이젠 밤하늘에 별이 되고
잘 익은 대추와 알밤을
남겨주고 떠나간 사랑
굽은 허리 애써 펴보려고
달구어진 구들장에
허옇게 허리를 눕힌다

거울 속 여행

고향집 뒷마당에 풀 향기가 그리워
때늦은 식탁 위에 민들레 고추장
작은 거울에 담아 놓고 잠시
민들레 홀씨처럼 고향집 마당에
가 있다
숨바꼭질 놀이가 사라진 그 곳
맑은 물 한 바가지 퍼부어 어린 것들 씻기고
옹기종기 둘러앉아 풀 향기를 마시던 그 곳

수돗가에 미나리 싹 머위나물
올봄도 호박꽃과 여왕벌들
부지런한 개미들 이웃이 될까
풀 향기 가득한 식탁 위에
작은 거울 속으로 피어나는
그리움

봄이 오는 소리

가야산 자락에 봄 오는 소리
깊은 잠 깨어나 실눈 뜨고
마른 나뭇가지마다
큰 팔 벌려 하늘을 당긴다

동심으로 가고 싶은 심장은
하얀 솜구름 위로 뛰어 오르고
예쁜 꿈 한 가득 가슴에 안고

굴러가는 네 바퀴도
달려가는 자동차도
예쁜 꿈 한 가득 가슴에 안고
가야산 자락을 넘어간다
저녁노을 곱게 단풍들던
가야산 산자락에서
꿈을 가득 실은
꽃향기가 불어온다

아쉬움

가마솥 한여름도 뜨거웠던 사랑도
저만큼 가네

모래밭 추억도 검푸르던 대지도
저만큼 가네

처마 밑에 알가족도 수많은 사연들도
저만치 가네

즐거움도 시련도 저만큼 가네

시루떡처럼 켜켜이 쌓여가는

시간 속에 수많은 인연들도
저만큼 가네

꽃잎 같은 하루

꽃잎처럼 떨어지는
하루가
찰랑찰랑 유리잔에
피어난다

조각배에 몸을 싣고
꿈을 찾아
떠나는
길

파도 거품 흡입하며
쨍그랑 소리에
빙글빙글
꿈을 안고

떨어지는 꽃잎처럼
또 하루가
고요하다

서른 살 언저리

목련꽃 만개할 때
스무 살 언저리
실바람에 실려 오는
하얀 종이비행기
진한 커피 향이 있는
창가에 앉아
손 글씨 노랫말
은빛 그네를 타다가
속삭이는 강물 되어
서른 살 언저리
만개한 나무 아래
한 잎 두 잎
시를 싣는
종이비행기

이탈

한나절이 지나고 밀물 들어올 때
작은 배들이 바다에서 쉬고 있다

굴뚝이 토해내는 뿌연 연기
간간이 들려오는 엔진소리뿐
갈매기도 떠나버린 부둣가

오래된 고무대야 주꾸미들
바다로 가고 싶다
코로나로 인하여 사람들의
발길이 끊긴 바닷가
작은 배들이 쉬고 있다

고독

고요가 더해지면
더해지는 시려움
커피 향 흡입하는 적막함
메아리 없는 지독한 고독
바닷가 높은 장대 위에
매달린 생선 같은
비릿한 바람 따라
흘러가는 것

녹슨 양철지붕 처마 밑
떨어지는 붉은 낙숫물
느리게 지나가는
새털구름

식어가는 커피 잔에
담고 싶은 것

여백

빠알간 방울토마토
하얀 테이블 위에
오미자 차 한 잔

바람이 분다
선홍색 물결이
파도를 탄다

출렁이던 차 한 잔
블랙홀에 넘어가고
잘 익은 방울토마토
선홍색 포말들

먼 길 돌고 돌아서
여기까지 오도록
적지 않은 시간들

비어있는 찻잔에
선홍빛 꿈과
차오르는 그리움

일어나

제4부

기억의 창고

하얀 별

흠뻑 젖은 민낯 수줍은 실웃음
새벽별 보내고 온 검푸른 날개
잠자는 호수를 가르는 몸짓은
수채화 심장 속에 흰 두루미의 발톱

초승달 아래 차가운 어둠
떠나갈 잎새들의 통곡소리
실개천 떠나가는 무리들
하고 싶은 이야기는
아직 많이 남아 있는데
사명감을 다하고 떨어지는
깃털 같은 낙엽
소리 없이 불어오는 실바람도
또 다른 비행을 위해 깃털이 되어
살포시 떨어지는 하얀 별

구월의 눈

대지 위로 껑충 뛰어오른 하늘
진한 숲 향기 더 머무르고 싶지만
벼 섶 사이사이로 지나가는 바람
흔들리는 잔가지 떠나갈 꼭지들
나뭇잎들이 서로 부딪치는 소리
블루 빛 바다 같은 하늘 아래
고개 숙인 벼이삭 파도의 물결
높은 장대 위에 고추잠자리
날개를 접고 쉬고 있다

마당 한 켠 멍석에 고추가 빨갛게
널어져 있는 고향집 앞마당
구름 한 점 없는 블루 빛 하늘에
잘 영근 알곡들이 누워 있다

아버지의 뒷모습

안개 속에 떠있는
노인의 굽은 등
계단식 사이사이
흔들리는 하모니
무언의 기침소리에 후루룩
원앙소리 입에 물고
솔산으로 가는 황새

소여물 끓던 가마솥 밑에
바싹 마른 장작불이 타 들어가고
눅눅한 마당 한 켠에
장작개비를 쌓아 올리시던
아버지

소 눈 속에 담긴 아버지의 모습
아침빛을 몰고 오던 살구색 하늘
앞산 능선 소나무 가지에 걸터앉아

뿌리를 드러낸 말이 없는 고목나무
오래된 가죽을 말리던 주름 밭고랑

하얗게 덮어진 눈 속에
이제는 찾을 수 없는
아버지의 뒷모습

최초

열두 살 되던 해 산골아이는
서울 구경 길에 나섰다
서울 홍은동 막내고모 댁 가는 길
할아버지 할머니 옷자락을 꽉 잡고
홍천에서 출발한 초록색 서울행 직행버스
망우고개 넘어갈 때
덜커덩거리는 소리에 잠에서 깨어나
차창 넘어 들어오는 그 광경은 충격이었다
옛날 비탈진 둑에 쓰레기 버리는 장소
사금파리 조각 무덤 같은 것이 머리에 스쳐간다
촘촘하게 박혀 있는 집들을 보고 심장이 뛰었다

수세식 화장실도 입식 주방도
열두 살 아이의 서울 구경이었다

기억의 창고

시간 가는 줄 모르고 뛰어다니던
들과 산 개울가
물고기를 낚으려고 곧잘 빠져 흠뻑 젖어
집으로 돌아오던 길
반짝반짝 빛나던 찔레꽃 잎에
입 맞추고 있을 때
소곤소곤 들려오는
시냇물 부딪히는 소리
한 아름 가슴에 담아본다

어느 때는 쌀가루 같고
어느 때는 솜사탕 같은
내리던 눈
온 세상을 덮으면
아이들과 온 동네 강아지
구슬치기 놀이할 때
찔레꽃 송이 같은 발자국
가득했던 그 곳

타 버린 완두콩

오후 햇살이 주방문을 밀고 들어올 때
달구어진 용기에 완두콩을 볶을 때
전화벨이 울리고
들려오는 어머니의
떨리는 목소리에
허전함이 묻어 있다

65년 짝꿍 보내시고
아쉬움이 가득하다
아직도 집안일 손 못 놓으시는
어머니
궁금한 것도 많으시고
염려되시는 것도 많으시다

코끝에 모여드는 매캐한 냄새
완두콩은 까맣게 타 버리고
따스한 오후 햇살은
어머니 모습 같다

씨앗

빗소리가 들려서 가만히 듣고 있다가 일어나 창문 열고
베란다 아래쪽을 애써 길게 목을 빼고 내려다보고 있다가
다시 앉아서 빈 찻잔에 차를 채운다 지난 봄 어느 날 시장
에서 사다 뿌려놓은 무 씨앗에 경이로움을 느꼈다

씨앗을 화분에 골고루 뿌려놓고 며칠이 지나 소복하게 자
라면 싹둑 잘라서 비빔밥이나 샐러드에 넣어 먹었다 늦게
자라나는 것도 싹둑 잘라 식탁 위에 놓았다

긴 장마 끝 무더위 속에 두 싹의 무순이 자라서 여리고 여
린 열무 잎이 날이 가면서 밭에서 자라는 무잎 만하게 자
라는 것을 보고 여행을 하고 돌아왔는데 그 씨앗은 변이
무 나무가 되어 흠뻑 비를 맞으며 나를 바라보고 있다

쉼이 있는 곳으로

짙푸른 녹음의 물결 가득 안고
38국도 길 따라 퇴근길에
문득 우회전하고 싶었다
가파른 내리막 언덕길 터널을 지나
고요한 호수가 돌아서
한적한 캠퍼스 플라타너스 그늘 아래
자동차를 세우고 창문을 열었다

캠퍼스에 묻히어진 내 발자국들
수군거리는 장미넝쿨 꽃잎들
바람에 나뭇잎 부딪치는 소리
숲에서 흘러나오는 소리
자동차 안으로 가득 달려온다

저녁노을은 장밋빛을 가득 안고
짙푸른 녹음이 쉬고 있을 때
언덕길 지나 좌회전으로
쉼이 있는 곳으로 향하고 있다

속도 조절

어느 땐 하루에도
좋은 일 좋지 않은 일 겹치고
그동안 힘들었을 때도
즐거웠을 때도 감사하다
그런 속에서 걸어오며
많은 것을 배우고
이겨내며 꿈을 그렸다
이제는 천천히
가고 싶다
지나온 길도
뒤돌아보며
앞으로 천천히
걸어가고 싶다

산행 마라톤

네모진 거울 같은 논 하늘을 담고 있다
하얀 구름 산 나무 전깃줄 그림자
가득 담겨진 논 창밖은 밤이 되었다
스쳐가는 마을 불빛 바라보며 버스는
지리산으로 달려가고 있다

차안은 정적이 흐르고 티브이 드라마
광고 이어지고 사람들은 죽은 듯 조용하다
몇 시간 후 목적지에 도착하고
어둠이 걷히기 전 천왕봉 향해 달려간다

가도 가도 오르막 내리막길
달리는 사람 걷는 사람도 있다
그 여자는 잰걸음으로 골인지점을 향하여
가고 있다
좁은 등산로가에 떡취나물이 군락 이루는 길을 지나
힘찬 계곡 물소리 들려오고
산길은 포장길에 닿는다

하얀 바위들이 계곡에 서있는 것을 노려보며

굽이굽이 비탈진 길 지나 골인지점 닿을 때
지리산 그림자는 옥빛 나는 계곡물에 빠져 있고
네모진 자동차 윈도우에 산봉우리들 담겨 있다

새해가 밝았습니다

신축년 새해엔
좀 천천히 여유 있게
지나갔으면 좋겠다

좋은 사람들과 만나서
이야기도 나누고
산에도 올라가고
바닷가도 가고
천천히 걸어가면서

들에 있는 숲과
모든 사물들 보며
바람소리도 듣고
피부에 스치는 것 느끼며
천천히 지나갔으면 좋겠다

축복

많은 시간이 지나갔다
풀잎 끝에 맺힌
이슬보다 더 작은
민들레 씨앗 같은 점 하나로
세상에 태어나 감사하다

사람으로 산다는 것은
참으로 축복 받은 삶이다
우주 속 지구 안에서
수억만의 생명체 속에
함께 존재하고 있는 지금
참으로 소중하고 감사하다

지나온 길 돌아보면
힘들고 후회스러웠던 일도 있었지만
이만큼 걸어오기 위해
길 위에 장애물들 있었다
오늘 살아 있음에 감사하다

어떻게 평탄한 길만 걸어올 수 있었겠나

네모진 정원

온기 있는 네모진 공간에
잠에서 깨어나는 식물들
새순이 얼굴을 내밀어
존재감을 드러내며
만물이 기지개를 펴고
움켜쥔 몸을 비틀다가
아침 햇살에 인사를 한다

네모진 작은 정원에
하얀 목련이 피었다
어둠과 고요 사이에
만개하는 그 순간 오기까지
얼마나 차가운 바람과
맞서야 하는지 알 수 없다

선홍빛으로 피어올라
하늘을 마음껏 품을 수 있도록
이 순간 견뎌야 한다는 것
새순이 얼굴을 내밀어
존재감을 드러내는
네모진 작은 정원

흐린 날

투명문 밀치며 들어가는 어깨
고막을 파고 들어오는 소리들
낮게 내려앉는 잿빛 하늘
한꺼번에 떨어지는 나뭇잎

서둘러 날아가는 날개들
갈길 먼 하늘 바라보며
꼬리에 꼬리를 물고
허공 속으로 난 길 따라

달콤한 것들 혀끝에 앉아
샘이 고여 흐르고
터벅터벅 길을 걷다가
손바닥 펼쳐 놓고
초저녁 하늘을 본다

굵은 물방울이 떨어지고
무언의 갈채를 환호하듯
투명문 안으로 들어오는
빗방울 부딪치는 소리

나리꽃

자작자작 내리는 빗소리
먼 하늘 새 한 마리
눈물을 떨구며
날아가고 있습니다

길 잃은 바람이 숨어 우는
골짜기 폭포수 옆에
피어있는 나리꽃
나를 보고 있습니다

나뭇가지 사이로 수줍은
비단 무지개 너머
가녀린 꽃잎은
온종일 떨고 있습니다

그늘

우리는
아주 작게 시작했다

그 큰 나무 그늘 아래
고무줄이어서 즐기고
숨바꼭질 놀이에
술래는
숨어있는 머리카락만
찾아도
웃음꽃을 터트렸지

그 큰 나무는
쉴 만한
그늘이 없었다

입춘

눈 내린 햇살이
눈부시다

자욱하게 피어나는
실안개 사이
주름진 밭고랑
이이랴 이랴 어서 가자
무언의 노래

봄의 문턱에서
아버지의 뒷모습이
그립습니다

담양 가는 길

만개했던 벚꽃이 지고 빨갛게 까맣게 버찌가 익어갈 때
담양으로 문학기행 가기 위해 전세버스에 올랐다
햇살이 퍼지기 시작할 때 나뭇잎들이 잘 다녀오라고 손짓
하듯이 눈이 부시도록 반짝인다
차창밖에 가로수 나무들이 빠르게 스쳐 지나가고 네모진
논에는 물들이 가득 차 있어 논은 거울 같다 유난히도 아
름다운 하늘 풍경과 전선줄이 첨벙 빠져 있는 것을 바라
보다 방울토마토와 쑥개떡을 먹으며 잔잔하게 흐르는 음
악소리와 시간이 지나가고 중천에 해가 떴을 때 우리는
대나무 숲으로 들어갔다 솜털이 보송보송한 어린 죽순부
터 할아버지 대나무가 하늘에 닿을 듯 솟아있는 풍경 방
문자를 환영하듯이 대나무 잎들 나부끼며 사각사각 시를
엮는 아름다운 하모니 초록빛 햇살 메타세쿼이아 푸릇푸
릇한 고목들이 그늘 되어 동행하는 아름다운 길이었다

봄 손님

지난 여름 끝자락 배추모종 사다가
베란다 화분에 꼭꼭 눌러 심었습니다
한 달 두 달 지나가도 자라지 않고 배춧잎에
벌레가 시를 가득 적어 놓았습니다

추운 겨울 햇살이 베란다에 놀다 가는 어느 봄날
목이 긴 초록대에 노랑나비 꽃들이 피어 있습니다
샤워를 시켜줄 때면 한들한들 노란 나비꽃이
꾸벅꾸벅 인사합니다

베란다에 노랑나비 꽃이 가득 피었습니다

공존

몸속에서 자라고 함께 공존하며
몸속 생태계 마이크로바이옴이란 단어를 되뇌며
오늘은 날씨가 추울까 아침공기가 포근할까
동쪽 하늘은 얼마나 곱게
선홍빛으로 펼쳐지며 나를 내려다볼까
사람들은 아침공기를 가르며 들길로 달려갈까
나는 새들과 개천에 비친 하늘과
나무와 새들의 언어를 들으며
얼어붙은 풀들을 보면서
오늘은 무슨 생각을 하고 기도를 하면서
허공 속을 가르며 달려갈까
우주와 공존하며 차가운 아침 공기를 가르며
아름다운 하늘을 머리에 이고 달리는
얼음 속의 공주 가슴에 꿈나무가 자란다

일어나

제5부

하루가

엊그제 같은데

저녁밥을 짓기 위해 쌀 씻을 때
쪼르르 달려와 호기심 발동
정말 신기해 쌀이 어떻게 물을 먹지?
밀가루라면 몰라도!
엄마 쌀이 어떻게 입도 없는데 물을 먹어?
그리고 어떻게 밥이 되는 거야!

사랑하는 사람하고 결혼해서
애기 낳을 때 배 많이 아파?
그럼 많이 아프지

나는 사랑하지 않는 사람하고 결혼할까!
나는 그 애를 좋아하는데
그 앤 나를 안 좋아해

결혼해서 애기 낳을 때 배 많이 아플까
우리 딸 많이 컸네

그 아이는 그 아이 닮은 아이와
저녁밥 짓기 위해
쌀을 씻고 있을까

하루가

우산을 접듯이 하루가 접혀지는 밤
자정을 넘어가고 있다
하얀 밤이다
눈 덮인 대지 위에 잠들은 까만 고공 속
깊어가는 입춘대길 밤
하얀 구름 덮고 잠든다
어두운 밤하늘 날아가는 새는 없을까
바라볼 수는 없지만
영롱하게 떠오르고 있을 태양은
지금쯤 어느 바다를 지나 산을 넘어
빠알간 하늘 물들이며 오고 있을까

종이비행기

목련꽃 만개할 때
새하얀 종이비행기
꽃잎으로 창가에 앉아
커피 한 잔의 여유

손글씨 핑크빛 노랫말은
살포시 물안개로 피어나
고요한 강물이 되었다

서른 살 언저리에
만개한 벚꽃 아래
은하 가루 내려오던
아름다운 추억을

종이비행기에 가득 실어
하늘길에 띄우고 싶다

망초꽃 앞에서

붕어섬 보이는 강가에
물안개 피어나는 시간
가만히 서 있고 싶다

나를 바라보고 있는
하얀 망초꽃이
안개 속에 피어 있다

안개 속에 묻혀서
이름 모를 풀잎들과
교감 나누는 시간
너무나 조용했다

들국화로 피어나서
꽃들과 여기서 살 것을
붕어섬을 바라보며
안개가 걷힐 때까지

6월에 핀 꽃

산언저리 씀바귀와 하얀 망초꽃이
수줍은 듯 나를 바라보고 있다
검푸르게 짙어가는 6월 산자락
하늘에 닿을 듯 자라나는 나무
녹색 잎이 내려다보고 있다
닭 우는 소리가 산 전체로 퍼져 나가고
자동차소음은 정적을 깨우고 사라진다
맑은 하늘에 알 수 없는 충격소리
차렷하고 있던 태극기가 펄럭인다
시계 초침소리가 가득한 길 위에
숲의 주인인 새들은 할 말이 많다
사람들이 알 수 없는 토해내는 언어들
녹색 물결 흐르는 산언저리에
씀바귀 망초 작은 꽃잎에 떨림은
영령들을 위한 기도일 것이다

아픈 기억

가다서다 콧구멍은 땅바닥으로 떨어지고 허공에 긴 한숨
토해내며 축축한 날개는 허공에 노를 젓고 마음만 앞서가
고는 무거운 발길 그 길을 달려가고 있는 중에 그 길 위에
서 엄지에 살가죽을 뜯어내던 검지 힘없는 동공으로 들어
오는 것은 바람 속을 걸어가는 새들을 닮은 이들 목적지
를 향하여 허공에 노를 저으며 앞서가는 이들을 따라간다
길들여지지 않은 새 운동화가 야속하다 살가죽 찢어지는
고통은 광화문 출발 20킬로 지점에서 신호가 오기 시작하
여 눈물 말리며 잠실운동장 완주로 시린 가죽은 아픈 기
억을 남겼다

설렘

한 아름 꽃향기 날리며
또각또각 좁은 길 접어들며
잰걸음으로 정적을 깨우는
구두소리
빛바랜 현관문이 열리고
백열등 아래 피어나는 얼굴
코끝에 하얀 구름 한 점
등단식하던 날 떨림은
핑크빛 한 송이 꽃이 되어
꽃구름 속을 걸었다

폐업

먹구름은 머리에 닿을 듯
빠르게 내려오고
적지 않은 시간 속에
손끝에서 머물다 이렇게
떠나가는 것들
그렇게 바라만 볼 수밖에 없는
살갗을 도려내듯 아프다
십여 년을 운영하던
생업을 폐업하고
잰걸음으로 걸어가고 있다
빛바랜 간판이며 의자 탁자도
겁에 질려 빛을 감추고
어딘지 모르고 가야만 하는
콩닥 콩닥거리는 가슴
검은 우산이 펼쳐지고
그 속에서 가고 있다
빗방울 사이로
흘러내리는 것은
알 수 없는 떨림이다

당진천

자정이 지난 시간 창문을 열었더니
풀벌레 소리가 가득하다
가을의 문턱에서 길 잃은 흰 두루미
밤 깊은 줄 모르고 당진천에 있다
달빛 풀어 싣고 흘러가는 물결은
떨리는 동공을 머물게 하고
가로등불 아래 작은 날개들이
작별 인사한다고 바쁘다
저만치서 새벽이 오려나 보다
스피커에선 음악이 흐르고
카페주인은 손으로 얼굴 받치고
다리가 저려오는 것을 잊고 있다
눅눅한 허공 속을 가르고 지나가는
자동차 불빛들
빛을 이어주는 전선줄 아래
풀벌레 소리를 들으며
젖은 날개 접고
천천히 걸어가는 흰 두루미

코로나 19

저녁노을이 산등성에 닿을 때
집으로 가던 길에 문득
담장으로 흘러넘치는
붉은 송이들을 보기 위해
캠퍼스에 도착했다

담장을 타고 흐르는 선홍빛 물결
환하게 반겨주는 송이송이
가슴으로 달려든다

수군거리는 새소리와 장미넝쿨
비대면 수업으로
텅 비어있는 캠퍼스
짙푸른 포플러 나뭇잎에
어둠이 내려앉고

초저녁 말간 노을은 샛별에게
자리를 내어주고
코로나 종식되기를 기도하며
발자국만 가득 담은 캠퍼스는
오월의 축제를 꿈꾸고 있다

강가에서

물안개 피어나는
강 언저리
붕어섬이 보이는
그 곳
한동안 서 있었지

아이들 학교에
등교시킨 후
그 곳에 가면
꽃들과 소곤거리다가
집으로 돌아갔지

다시 아침이면
그 곳이 좋았지
하얀 망초꽃은
나를 반겨주었지

물안개 피어나는
강 언저리
그리움이 있다

삼악산

아침햇살이 의암호 강물 위로 따스하게 지나갈 때
삼악산 정상에서 사과 한 입 입에 물었다
아름다운 옷을 입은 새 한 마리가
잽싸게 사과 한 입 물고 간다
흰 목에 갈색 배 푸른 날개 검은 부리 가진 이름 모를 새
휙하고 다시 날아와
가느다란 나뭇가지에 앉아
손바닥을 펼칠 때를 기다리기라도 한 듯
손가락 끝에 앉아 손금에 입 맞추고 강물 위로 날아간다
아름다운 햇살은 살가죽에 미끄러지고
상큼한 바람은 희망과 용기를 준다
언제나 깊고 푸른 강물은
바른길로 인도하는 어머니 품속 같다

잠꾸러기

아름답고 보석 같은 하루를
수놓듯이 예쁘게 글로 담아보고 싶어
마음 정리하고 펜과 노트 펴놓았다
마흔 다섯 번째 생일날
그동안 지나온 나날들 뒤돌아보다
어느새 꾸벅 고개가 떨어지고
왼쪽 볼은 손등을 누르고 편안함을 느끼며
오른손은 펜을 들었지만 힘이 없다
시계초침은 자정을 알리고
잠에 밀려 꿈나라로 간다
또 하루가 저만치 간다

빛바랜 시간

어서 오세요
커피 한 잔 주시오
비좁고 어두운 곳에서
겨우 빠져 나왔지만
잔액부족으로 교체되고
다시 휙 떨어져
빙빙 돌다가 멈춘
교체된 카드지만
찌이익 한도초과
빛바랜 패스포드로

어둡고 축축한 곳에서
몸 한 번 펴보지 못하고
상처투성이 한 잎씩
낙엽 떨어지듯
세상으로 미끄러져 나오는
빛바랜 지폐
목이 타들어 가는 자존심

커피 나왔습니다

빗소리

내 고향 높은 터 아래
잔치가 있는 날이면
온 동네 아이들 한 데 모여
숨바꼭질 놀이하고
온 동네 강아지 이리저리 뛰어놀다
으르렁대고
까마귀 소리 메아리쳐 오던 곳
새들은 연신 재잘거리고
동동주 한 사발 비워내면
발그레 피어나는
마을사람 함박웃음
마당가에 누워 있는 솥뚜껑
지짐이 익어가는 소리

가랑비 내리는 날
높은 터 아래 마을
동네 잔치하던 때가
촉촉하게 빗소리에
그리움으로 젖어든다

가을

녹색이 창창했던 나뭇잎에
가을이 쉬고 있다
풀벌레 울음소리 가득 담은
손금에 파란 하늘이 물든다
가을바람이 쉬고 있는 가지에
하얀 구름이 걸터앉아
코스모스에 안부를 물으며
선홍빛 노을을 기다린다

따스한 햇살의 사랑을 받아
탐스럽게 익어가는 홍시
파란 하늘을 머리에 이고
잎새들과 속삭이며
그리운 이들에게 나누고 싶은 가을을
쭉쭉 뻗은 가지에 걸어놓는다
어디론가 떠나가야 하는
철새들의 날개에 들국화 향기와
파란 물감을 묻혀 준다

마라톤하는 길

납작한 돌 위에 여덟 마리 새끼오리들이 웅크리고 있다
어미새는 새끼들에게 교육을 시키는 것 같다
날갯짓하고 물갈퀴로 물위를 가르며 먹이를 찾아
은빛 날개 활짝 펴고 비상할 수 있도록

길가에 개복숭아 나무는 풋 열매를 모두 잃어버리고
삶에 지쳐 가지에 잎들만 슬픈 눈으로
들꽃들을 바라보고 있다
제대로 한 번 자라보지도 못하고 풋열매들을 빼앗겨 버린
개복숭아 나무 가지엔 텃새들이 재잘거린다

길가 망초 민들레 금단화 꽃들이 아름다운 둘레길
한 발 한 발 내딛을 때마다 흙 밟히는 소리
시냇물 흐르는 소리 새들의 재잘거리는 소리와
활기찬 아침공기를 가르며 웅크린 가슴을 활짝 펴고
황토 낚시터까지 달려갔다 돌아오는 길
오리가족이 질서 있게 잔잔한 호수를 깨운다

잎새

금빛 초승달이 환하게 웃고 있다
밤하늘 아래 아스팔트 위를 달려가는 네 바퀴
숨바꼭질하듯이 어둠 속 나뭇가지 사이
산 뒤에 숨어 있다가 껑충 뛰어 오르고
소리 없는 하얀 미소를 드러낸다

풍성했던 가을이 떠나가는 고요한 밤이다
풀벌레 소리도 들리지 않는 식어가는 숲
바싹 마른 잎새에 시를 가득 담아놓고
붉게 물들었던 가을이 떠나가고 있다

산과 들 바닷가 백사장 시멘트 길 위에
수많은 사연과 발자국 묻어두고
꽃잎처럼 떨어지는 하루하루
눈썹 같은 초승달이 빛나는 밤
시가 담긴 가을이 떠나가고 있다

나의 눈

나의 영원한 벗이고
나의 전부이지
즐거울 때나 아플 때도
우린 언제나 마주보고
응원하지
꽃이 만개하는 계절에도
냉혹한 눈보라치는
한겨울에도
난 너만 믿고
세상을 바라보며
살 수 있다는 것은
큰 축복이지
거울이 있어야만
볼 수 있는 너
네가 길을 안내하는 대로
너를 따라서
저 높은 곳 땅 끝까지
너와 함께 가리라

고마운 나의 눈

내 속엔

내 속에 내가 있다
산 속에 산 있고
구름 속에 구름 있듯이
내 속에 내가 있다

내 속에 내가 있다
산 속에 숲이 있고
구름 속에 빛이 있듯이
내 속에 꿈이 있다

내 속에 내가 있다
산 속에 어둠이 있고
구름 속에 비가 있듯이
내 속에 숨어 사는 것 있다

일어나

•

지은이 / 허가은
발행인 / 김영란
발행처 / **한누리미디어**
디자인 / 지선숙

•

08303, 서울시 구로구 구로중앙로18길 40, 2층(구로동)
전화 / (02)379-4514, 379-4519
Fax / (02)379-4516
E-mail/hannury2003@daum.net

•

신고번호 / 제 25100-2016-000025호
신고연월일 / 2016. 4. 11
등록일 / 1993. 11. 4

•

초판발행일 / 2023년 1월 30일

•

•

값 12,000원

•

※잘못된 책은 바꿔드립니다.
※저자와의 협약으로 인지는 생략합니다.

•

ISBN 978-89-7969-865-7 03810